PRINCESS ANNA: A TALE OF KINDNESS

ПРИНЦЕССА АННА
ИЛИ
СКАЗКА О ДОБРОТЕ

...1...

Anna was a beautiful young princess, who lived in the biggest castle in the whole land.
Her parents gave her everything she wanted, like expensive shoes and sparkling tiaras.

Анна была прекрасной юной принцессой, которая жила в самом большом замке на всей земле. Её родители давали ей всё, что она желала, будь то дорогие туфельки или сверкающие диадемы.

One year, on her tenth birthday, she even got her own horse named Buttons. Buttonsand Anna were best friends. Unfortunately, Buttons was her only friend.

В тот год, когда девочке исполнилось десять лет, она даже получила в подарок собственную лошадь по имени Кнопка. Кнопка и Анна стали лучшими друзьями. Но, к сожалению, Кнопка была её единственным другом.

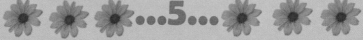

Not many people working in the castle liked Anna. She was bossy, and threw fits whenever she didn't get her way. One evening, she was out in the barn with Buttons, brushing her long, white mane.

Не многим людям, которые работали в замке, нравилась Анна. Она любила всеми командовать и закатывала истерики, когда не могла добиться своего. Однажды вечером Анна была в конюшне с Кнопкой и расчесывала её длинную белую гриву.

...7...

"I want to paint my horse," Anna said to the barn worker, Thomas, "I don't like that it's white. I want it to be pink."

"There's no such thing as a pink horse," Thomas replied.

«Я хочу покрасить свою лошадь, - сказала Анна своему работнику Томасу, - мне не нравится, что она белая. Я хочу, чтобы она стала розовой».

«Не бывает розовых лошадей!»- ответил Томас.

...9...

"I know that!" she shouted, crossing her arms, "That's why I want to paint him. By tomorrow, I want this horse to be pink."

"That's not safe!" Thomas yelled, but Anna had already skipped away.

«Я знаю это! – закричала принцесса, скрестив на груди руки. – Вот поэтому я и хочу покрасить её! Хочу, чтобы к завтрашнему дню моя лошадь была розовой!»

«Это небезопасно!» - крикнул Томас, но Анна уже скрылась из вида.

When Anna returned the next
day, her horse was still white.
"Why isn't my horse pink?" she
yelled. Thomas wasn't there to
hear her.
"Princess!" shouted a familiar
voice.

Когда Анна вернулась на
следующий день, её лошадь
была всё ещё белой.
«Почему моя лошадь не
розовая?» - закричала девочка.
Томас её не услыхал, потому
что его не было поблизости.
«Принцесса!» - раздался
знакомый голос.

...13...

Anna turned around to see her uncle, George, running up to her.

"What are you doing here? Haven't you heard the news?"
"What news?" she mumbled, and rolled her eyes, "I don't like news. It's boring."

Анна обернулась и увидела подбегающего к ней дядюшку Джорджа.

«Что вы здесь делаете? Разве вы не слышали новости?»
«Какие новости?- пробормотала девочка и закатила кверху глаза. – Я не люблю новости. Это скучно».

...15...

"Your parents were attacked on their journey to the neighboring kingdom," George said, "Everything they have is stolen, and it will be months before they will return."
"So, what? Mom and Dad leave me alone all the time. What's different now?"

«На ваших родителей напали по дороге в соседнее королевство, - сказал Джордж, - всё, что у них было - украдено, и пройдут месяцы, прежде чем они вернутся».
«Ну и что? Мама и папа всегда оставляют меня одну. Теперь-то какая разница?»

...17...

"You're thirteen now," George said, "Which means you must rule the Kingdom while they're away."

"What!?" Anna gasped, tossing her brown hair behind her shoulder. "I thought the age was sixteen. Who ran things the other times my parents left?"

«Теперь вам тринадцать лет, - сказал Джордж, - и это означает, что вы должны управлять королевством, пока их нет».

«Что? - воскликнула Анна, забросив свои каштановые волосы за плечи. - Я думала, что должно быть шестнадцать лет. А кто управлял королевством всё время, когда родители уезжали?»

✿ ✿ ✿...18... ✿ ✿ ✿

✿ ✿ ✿ ...19... ✿ ✿ ✿

"We've changed the laws recently, Princess," George said nervously. He didn't want to anger her. "Before, your parents would specifically choose someone for the job. This time, they want you. They think it will teach you to respect the Kingdom."

«Мы недавно сменили законы, принцесса, - сказал нервно Джордж.
Он не хотел злить девочку.
- Раньше ваши родители специально выбирали кого-то для этой работы. В этот раз они захотели выбрать вас. Они подумали, что это научит вас уважать наше королевство».

...21...

"Respect who? The commoners?" Anna laughed, "I'm more important than them. I don't need to show respect."
"Please, Anna," he replied, "We need you."
"I don't know how to run a Kingdom," she chuckled, "I'm out of here!" With that, Anna hopped on her horse and rode off.

«Уважать кого? Простолюдинов?»
Анна рассмеялась: «Я важнее их. Мне не нужно проявлять уважение».
«Пожалуйста, Анна, - ответил Джордж, - ты нужна нам».
«Я не знаю, как управлять королевством, - усмехнулась девочка, - я уезжаю отсюда!»
С этим Анна вскочила на лошадь и поскакала прочь.

...23...

George watched her ride off, and laughed deep in his throat. "Perfect," he grinned, "The Kingdom is mine!"

Джордж посмотрел вслед и засмеялся во всё горло. «Отлично, - усмехнулся он, - королевство моё!»

...25...

While George prepared to rule over the Kingdom, Anna came across a small village. She got off Buttons, tied him to a post, and entered a bread shop.

Пока Джордж готовился к управлению королевством, Анна добралась до маленькой деревни. Она слезла с лошади, привязав её к столбу, и вошла в хлебный магазин.

...27...

"Bread keeper, I need food,"
she demanded, "Get me some
now, or I'll have you arrested!"
 "Little girl," said Charles, the
bread maker, "You're being very
rude. Where are your parents?
Do you have any money?"

«Продавец хлеба, мне нужна
еда, - потребовала девочка, -
сейчас же дай мне поесть или
тебя арестуют!»
«Юная девушка, - сказал
пекарь Чарли, - вы очень
грубы. Где ваши родители? И
есть ли у вас деньги?»

..29..

"I don't need money! I'm Princess
Anna!" she grumbled.
"Princess Anna never travels
outside the castle," said Charles,
"Nice try, little girl. If you're
hungry, you can work for me until
you earn your bread."
Anna was about to yell again, but
her stomach grumbled. "What
stupid task am I supposed to do?"
she asked.
«Мне не нужны деньги! Я
принцесса Анна!» - проворчала
девочка.
«Принцесса Анна никогда не
выезжает за пределы замка, -
сказал Чарльз, - милая, маленькая
девочка. Если вы голодны, вы
можете поработать у меня, пока не
заработаете себе на хлеб».
Анна хотела снова закричать, но
тут её желудок заурчал. «Какую
бестолковую работу я должна
делать?» - спросила она.

...31...

Anna worked for Charles for three years. She lived in the attic of the bread shop, and earned money by sweeping, helping customers, and baking bread. In the first year, she complained every day. The village people hated her, until she stopped complaining.

Так Анна проработала у Чарли целых три года. Она жила на чердаке магазина и зарабатывала деньги, подметая, помогая покупателям и выпекая хлеб. В первый год она жаловалась каждый день. Деревенские не любили девочку, пока та не перестала ныть.

...33...

Anna had grown to love the villagers, and she wanted to make them proud. She wanted to be like them, hardworking and kind, because it felt good in her heart.

Со временем Анна полюбила жителей деревни, и даже гордилась ими. Она и сама хотела быть похожей на них, трудолюбивой и доброй, потому что от этого ей и самой становилось хорошо на сердце.

...35...

Over the years, Anna was
extremely sad that her parents
hadn't come to look for her.
Then, one day, she learned the
truth. A young boy came into
the shop with his father. The
father began complaining to
Charles about the taxes being
raised by King George.

Все эти годы Анне было очень
печально, что родители так и не
отыскали её.
Но, однажды, она узнала
правду...
Какой-то мальчуган вошел в
магазин вместе со своим отцом.
И тот стал жаловаться Чарли на
налоги, поднятые королем
Джорджем.

...37...

"King George?" Anna asked, setting her broom down.
"I'm sorry to interrupt, sir, but why does King George still have the throne?"
"You're asking all the right questions!" the father chuckled, "No one else is around to claim it, I guess. The former King and Queen never returned from their journey, and the Princess disappeared long ago."

«Король Джордж?» - переспросила Анна, отложив свою метлу.
«Мне жаль прерывать, сэр, но почему король Джордж всё ещё на троне?»
«Вы задаёте абсолютно правильные вопросы! Однако никто не претендует на трон, я полагаю. Бывший король и королева так и не вернулись со своего путешествия, а принцесса давно исчезла».

...39...

"Anna's eyes widened. She knew then that her uncle had scared her away to steal the crown.

"I'm sorry, Charles, but I must go!" she said, and raced out the door.

Глаза Анны расширились. Тут-то она и поняла, что дядя просто испугал её тогда, чтобы украсть корону.

«Прости, Чарли, но я должна уйти!» - сказала принцесса и выбежала в дверь.

...41...

Anna hopped on Buttons' back, and took off towards the castle.

"No wonder the people have been suffering for so long," Anna said to Buttons, "He's taking all their money! I'm going to change things Buttons. I know I was wrong before, but I'm a grown and smart girl now."

Анна вскочила на спину Кнопки и направилась к замку.

«Неудивительно, что люди так долго страдали, - сказала Анна Кнопке, - он отнимает у них все деньги! Я всё изменю, Кнопка! Я знаю, что раньше неправильно себя вела, но теперь я взрослая и умная девушка».

...43...

As Anna reached the castle, she rode across the bridge just in time before they closed it. She ignored all the knights trying to stop her, and rode straight to the throne room.

"What is the meaning of this?" George shouted, "Who let this horse in here?"

Когда Анна добралась до замка, она перемахнула через мост как раз в тот момент, когда его уже почти что закрыли. Не обращая внимания на рыцарей, пытавшихся остановить её, девочка направилась прямо в тронный зал.

«Что всё это означает?» - крикнул Джордж. Кто впустил сюда эту лошадь?»

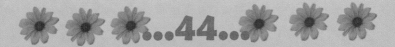

...44...

...45...

"I am Princess Anna!" Anna said confidently, "Get off my throne!" Anna had traded her shiny pink dress for a commoner's robe, but the servants in the throne room still recognized her.
"The princess is here to save us!" one servant shouted.
"You don't even like her!" George said, "You always complained about her selfishness and rude behavior."
«Я принцесса Анна!» - уверенно сказала девочка. Покинь мой трон!» И хоть Анна сменила своё блестящее розовое платье на одеяние простолюдинки, слуги в тронном зале все ещё смогли её узнать.
«Принцесса здесь, чтобы спасти нас!» - закричал один из слуг.
«Тебе же она никогда не нравилась!» -сказал Джордж. И ты всегда жаловался на её эгоизм и грубость».

...46...

...47...

"But I'm changed," Anna said, getting off the horse.
Living in a quiet village for a few years taught me kindness, gratitude, and love."
Anna looked around at the servants in the room, and smiled. "If you'll have me, I'll make this Kingdom a beautiful place to live. We'll send out search parties for my parents, and everyone will live in harmony."

«Но я изменилась! - произнесла Анна, слезая с лошади.
Жизнь в тихой деревне в течение нескольких лет научила меня доброте, благодарности и любви.

Анна оглядела слуг в комнате и улыбнулась. «Если я буду с вами, то сделаю это королевство прекрасным местом для жизни. Мы обязательно отыщем моих родителей, и заживём счастливо!»

❀ ❀ ❀ ...49... ❀ ❀ ❀

There was silence for a moment, then everyone cheered. George tried to quiet them, but no one listened. A group of servants carried George out the door, and led Anna to her throne.

From then on, Anna was kind and wise. She ruled for the people, and earned the love of the entire Kingdom.

На мгновение наступила тишина, а потом все стали приветствовать принцессу. Джордж пытался успокоить всех, но никто его не слушал. Несколько слуг вывели Джорджа за дверь и подвели Анну к её трону.

И с тех самых пор Анна стала доброй и мудрой принцессой. Она правила для людей и заслужила любовь всего королевства.

THE END

КОНЕЦ